IMPRIMERIE DE A. FIRMIN DIDOT,
IMPRIMEUR DU ROI, RUE JACOB, N°. 24.

LA MÉTEMPSYCOSE,

OU

DIALOGUES DES BÊTES;

PAR UN PYTHAGORICIEN.

Ce systeme ne vaut-il pas mieux que celui qui réduit l'homme en poussière après sa mort, sans laisser au crime aucune crainte de l'avenir, aucun espoir à la vertu malheureuse ?

PYTHAGORE et LUCIEN, *Dialogue*.

PARIS.

CHEZ FIRMIN DIDOT FRÈRES, LIBRAIRES,
RUE JACOB, N° 24.

1830.

PRÉFACE.

Tout le monde sait que Pythagore admettait la transmigration des âmes d'un corps dans un autre, doctrine qu'il avait apprise des Egyptiens, et que ceux-ci devaient eux-mêmes aux brachmanes. Ce dogme religieux, dont il est impossible de démontrer la fausseté qu'en y opposant une croyance plus élevée, est cependant une erreur que le sentiment intérieur combat; mais cette erreur est préférable à la doctrine de Lucrèce, car celle-ci aurait nécessairement de mauvais résultats si tous les hommes y croyaient, au lieu que l'autre peut épouvanter les méchans. « C'était un grand frein pour les pervers, dit « Voltaire, que la crainte d'être condamnés à « devenir les plus vils et les plus malheureux « des animaux (1). »

Le pythagoricien à qui nous devons ces Dialogues croit peut-être que les bêtes parlent, puisqu'il les fait parler : c'était aussi l'opinion du physicien de Nuremberg, auteur des *Lettres sur l'Intelligence des animaux*. Il est vrai de dire cependant que l'on peut nier ce point d'histoire

(1) Philosophie de l'histoire.

naturelle, car on ne prouvera jamais avec évidence ni le pour, ni le contre.

Le loup, le lapin, l'hirondelle s'expriment, sous la plume de notre auteur, en langage tout-à-fait humain; mais il faut remarquer que, dans son système, les bêtes qu'il met en scène ont été de notre espèce et qu'elles s'en souviennent. Cette raison me paraît d'autant meilleure que les fabulistes, qui n'en ont aucune à donner, prêtent quelquefois à leurs personnages une manière de parler qu'on ne peut leur supposer. La Fontaine même n'est pas innocent de ce défaut, si toutefois c'en est un. Quand il fait dire au renard :

« Apprenez que tout flatteur
« Vit aux dépens de celui qui l'écoute :
« Cette leçon vaut bien un fromage sans doute. »

Il est clair que le renard est alors beaucoup trop moraliste, beaucoup trop profond pour un renard. Mais il faut accorder quelque chose aux nécessités du genre. Si l'on ne mettait pas un peu de l'homme dans les fables où les interlocuteurs sont des animaux, il serait impossible d'en faire. Je crois donc que notre pythagoricien est irréprochable sous ce rapport, et que ses bêtes sont ce qu'elles doivent être dans le système qu'il admet ou qu'il suppose.

C. O.

LA MÉTEMPSYCOSE,

OU

DIALOGUES DES BÊTES.

DIALOGUE PREMIER.

UN LOUP ET UN RENARD.

(Dans une forêt.)

(Le loup est blessé et couché au pied d'un arbre; le renard passe près de lui, le voit, et prend la fuite.)

LE LOUP.

Ne fuis pas; tu n'as rien à craindre de moi : j'ai mangé tout mon soûl.

LE RENARD, d'un peu loin.

Tes pareils ont toujours faim, ne fût-ce que pour passer le temps.

LE LOUP.

Je viens de dévorer un mouton. Approche sans crainte.

LE RENARD.

Pas si bête.

LE LOUP.

Parole de loup; elle en vaut bien une autre.

LE RENARD.

Oui, une autre qui ne vaut pas mieux. Je ne te crois pas plus qu'une poule ne me croirait.

LE LOUP.

Eh bien, parole d'empereur.

LE RENARD.

D'empereur?

LE LOUP.

Hélas! oui. J'ai été le maître du monde, et, depuis ma mort, je suis passé de loup en loup jusqu'à celui qui est devant toi.

LE RENARD.

Quel nom avais-tu parmi les hommes?

LE LOUP.

Néron.

LE RENARD.

Ta parole d'empereur ne vaut pas même celle de loup.

LE LOUP.

Rassure-toi : je ne puis ni courir ni même marcher; je suis blessé aux pates de derrière. Viens-t'en assurer, si tu en doutes.

LE RENARD.

J'aime mieux le croire que d'y aller voir.

LE LOUP.

Tu me parais bien prudent.

LE RENARD.

C'est que ta réputation ne sent pas comme baume. D'ailleurs Néron dans un loup, si je compte bien, cela fait deux loups.

LE LOUP.

Tu sais donc mon histoire?

LE RENARD.

Comme je connais toutes les basses-cours du voisinage.

LE LOUP.

Un de mes chagrins aujourd'hui, c'est de ne plus chanter sur le théâtre. J'étais le plus grand musicien de l'empire.

LE RENARD.

Et moi, le cardinal le plus fin de toute l'Europe, et l'homme le plus puissant de mon royaume. Mais tu n'as jamais entendu parler de ce renard.

LE LOUP.

Ton nom?

LE RENARD.

Mazarini.

LE LOUP.

Je ne te connais pas.... (Il veut se lever.) Impossible! je souffre horriblement.... Si je puis me guérir, le rustre qui m'a blessé sera englouti tout entier dans mon ventre; je n'en ferai qu'un repas.

LE RENARD.

Toujours Néron, mais Néron à quatre pates.

LE LOUP.

Tu as bonne grâce de me reprocher mon appétit, toi qui dévores plus de poules, de coqs et de canards en un an que je ne mange d'agneaux en dix. D'ailleurs c'est ma nature. Jupiter m'a fait loup, et je vis comme un loup.

LE RENARD.

Les hommes seraient bien étonnés d'apprendre que l'on rencontre dans les forêts des empereurs et des cardinaux, qui ne sont plus que des bêtes.

LE LOUP.

Qu'est-ce donc qu'un cardinal?

LE RENARD.

C'est un prêtre qui vit dans l'opulence, quoique son Dieu soit mort pauvre, qui a ordinairement beaucoup d'ambition, et qui veut devenir pape, c'est-à-dire, souverain de Rome.

LE LOUP.

Empereur?

LE RENARD.

Il n'est plus question de tout cela. Les empereurs sont enterrés depuis long-temps.

LE LOUP.

On vient de ce côté... N'entends-tu pas du bruit?

LE RENARD, écoutant.

Non.

LE LOUP.

Puisque tu sais mon histoire, apprends-moi la tienne.

LE RENARD.

Elle est trop longue pour le moment.

LE LOUP.

Eh bien, à la première rencontre.

LE RENARD.

Je ne m'engage à rien.

LE LOUP.

La raison?

LE RENARD.

Tu ne seras pas toujours blessé, et ta gueule me fait peur.

LE LOUP.

Tu sais bien...

LE RENARD.

Je sais que, malgré ta parole impériale, tu me mangerais si tu me tenais sous la pate. Mais c'est assez m'arrêter avec toi. Bonne nuit à ta majesté louve. Je vais retrouver ma femelle et mes petits.

(Il s'éloigne.)

LE LOUP seul.

Je te rencontrerai, finaud, et tu auras l'honneur de me servir de pâture : il faut absolument que je mange du cardinal... Avoir été empereur, et n'être plus qu'un loup blessé! j'écume de rage.

DIALOGUE II.

UN CIRON ET UNE FOURMI.

(Dans un parc, sur un brin d'herbe.)

LA FOURMI.

Je suis rendue de fatigue. Quel diable de métier que celui d'insecte ! Toujours travailler, toujours porter quelque chose à la fourmilière !

LE CIRON.

Puisque vous vivez en république, il faut bien que chacune de vous contribue....

LA FOURMI.

Voilà justement ce qui me déplait : je n'ai jamais aimé les républiques. Quand j'étais homme, je défendais le pouvoir absolu de toutes mes forces.

LE CIRON.

Tu as donc fait beaucoup de bruit dans ton pays ?

LA FOURMI.

Je t'en réponds. C'était moi qui étais chargé de poursuivre toutes les doctrines qui, de près ou de loin, avaient quelque odeur de liberté; et je m'en acquittais avec un zèle qui m'a valu l'estime de mes protecteurs.

LE CIRON.

Rien que leur estime?

LA FOURMI.

Assaisonnée d'une forte pension annuelle qui était bonne à prendre et à conserver; car il serait par trop niais d'avoir une opinion pour rien.

LE CIRON.

Comment! On te payait pour penser ce que tu pensais? je ne te comprends pas.

LA FOURMI.

Eh! d'où viens-tu donc?

LE CIRON.

De mon village où j'étais bedeau, et même bedeau un peu orgueilleux de l'être. Celui qui dispose de tout a probablement voulu m'apprendre, en m'envoyant après ma mort dans le corps d'un ciron, que je n'étais qu'un imbécile de me croire quelque chose.

LA FOURMI.

La métempsycose ne t'a pas donné plus d'esprit que tu n'en avais. Ne pas sentir qu'il faut vivre de ses opinions, et par conséquent en être payé! C'est trop fort.

LE CIRON.

Allons, allons, laisse là tes exclamations, car l'esprit me vient. Je commence à comprendre que tu n'étais qu'un fripon que l'on payait pour lui faire dire ce qu'il ne pensait pas peut-être. Ai-je mis la pate dessus ?

LA FOURMI.

Moi, un fripon ! Moi qui jouissais de l'estime de la haute société aristocratique, où l'on se pâmait de plaisir à la lecture de mes articles !

LE CIRON.

De tes articles ? Qu'est-ce que cela veut dire ?

LA FOURMI.

Dieu ! que tu es bête !

LE CIRON.

Tu es bien plus bête, toi, d'exiger que je sache des choses dont je n'ai jamais entendu parler.

LA FOURMI.

Eh bien, puisqu'il faut te le dire, j'étais journaliste, plaidant pour Rome, pour l'intolérance, pour les doctrines anti-philosophiques, et pour les douceurs de l'ancien régime. Comprends-tu ?

LE CIRON.

Oui.

LA FOURMI.

Je remuais la France avec ma plume.

LE CIRON.

Cela n'est pas vrai, car mon village est en France et je ne l'ai jamais vu remuer.

LA FOURMI.

Voilà qui est impayable! Tu prends au propre ce que je dis au figuré.

LE CIRON.

Écoute, fourmi. Quoique je n'aie écrit aucun article, je ne suis pas plus bête que toi; et je comprends très bien ce que tu entends par remuer la France, que tu ne remuais ni dans un sens ni dans l'autre.

LA FOURMI.

Tais-toi : tu ne sais ce que tu dis.

LE CIRON.

Je sais ce que je dis. Tu te croyais un personnage important, et à peine te connaissait-on peut-être. Mais ton sot orgueil a reçu, comme le mien, sa juste punition : insecte tu étais, insecte tu es. Je suis enchanté que tu vives malgré toi dans une république : ce châtiment te va à merveille. Adieu, madame la fourmi.

DIALOGUE III.

UN COCHON ET UN LAPIN.

(Dans une basse-cour.)

LE COCHON.

Tu n'iras pas loin, mangeur de choux, car il y a aujourd'hui grand repas chez notre maître.

LE LAPIN.

J'en ai bien peur. Nous étions douze, et me voilà seul.

LE COCHON.

Mes trois compagnons ont été égorgés comme les tiens.

LE LAPIN.

Les avaleurs de chair ne vivent que pour notre ruine; scélérats qui parlent sans cesse d'humanité, et qui assis autour d'une table couverte de cadavres se permettent de traiter le tigre et le lion d'animaux féroces!

LE COCHON.

Il me paraît que tu es bien savant pour un lapin.

LE LAPIN.

C'est que je ne l'ai pas toujours été.

LE COCHON.

Ni moi toujours cochon : il s'en faut beaucoup.

LE LAPIN.

Je suis bien déchu. J'ai été grand seigneur, tel que tu me vois, et courtisan célèbre.

LE COCHON.

Il serait plaisant que je t'eusse vu faire le pied de grue dans mes antichambres.

LE LAPIN.

Cela n'est pas impossible. Qu'étais-tu?

LE COCHON.

Chancelier sous Louis XIV, en un mot, Michel Le Tellier.

LE LAPIN.

Nous n'avons rien eu de commun ensemble; j'ai toujours vécu en Angleterre.

LE COCHON.

Et te voilà lapin dans une basse-cour de la Touraine! Il y a là quelque chose d'inconcevable.

LE LAPIN.

Il faut bien souffrir ce qu'on ne peut empêcher.

LE COCHON.

Qui aurait pu croire que ce chien de Pythagore avait raison ?

LE LAPIN.

Et que je passerais dans le corps d'un animal à longues oreilles, moi qui étais si bien vu des grands ?

LE COCHON.

Un malin dirait peut-être que c'était un pronostic de ce qui devait t'arriver à ton enterrement.

LE LAPIN.

Ce malin serait un malhonnête, car j'ai connu plusieurs personnages de haute distinction qui savaient lire et écrire.

LE COCHON.

Je voudrais bien savoir ce que je serai après ma vie de cochon.

LE LAPIN.

Tu animeras peut-être le corps d'un gros derviche.

LE COCHON.

Les hommes deviennent des bêtes, mais j'ignore si les bêtes deviennent des hommes.

LE LAPIN.

Je n'en sais pas plus que toi.

LE COCHON.

Que le cours des choses m'élève encore une fois à un poste brillant, et je serai tout-à-fait honnête homme; car je ne doute pas que la triste figure que je fais aujourd'hui dans le monde ne soit une punition de mes peccadilles. J'ai traité le peuple avec toute l'humanité d'un courtisan et toute la justice d'un pacha. Il ne m'est jamais arrivé de penser sérieusement à celui qui voit tout, et aux yeux duquel une excellence n'est pas plus qu'un valet de charrue (1).

LE LAPIN.

C'est un peu l'histoire de tous les hommes : des sottises, et puis le regret de les avoir faites..... Ah! mon dieu! voilà le cuisinier qui vient m'expédier. Où fuir?

LE COCHON.

A la broche, mon cher, à la broche.

LE LAPIN.

Le scélérat !

---

(1) J'ai toujours soupçonné que Michel Le Tellier, malgré son grand zèle contre les protestans et pour la révocation de l'édit de Nantes, n'avait été qu'un hypocrite, et l'aveu qu'il vient de faire ne laisse plus aucun doute à cet égard. Il ne croyait pas qu'un jour ou l'autre un cochon trahirait le chancelier.

*

LE COCHON.

Console-toi. Ton assassin passera peut-être un jour dans le corps d'une grenouille ou d'un crapaud.

LE LAPIN, au désespoir.

Et moi, que deviendrai-je !

LE COCHON.

Tu le sauras quand tu ne seras plus lapin.

DIALOGUE IV.

UN CHEVAL HONGRE ET UNE JUMENT.

(A la porte d'une église.)

LE CHEVAL HONGRE.

Camarade, le temps est bien mauvais.

LA JUMENT.

Horrible.

LE CHEVAL HONGRE.

On nous laissera morfondre ici pendant deux heures peut-être, car tu sais que la vieille dame que nous venons de mener à l'église n'a jamais fini de prier.

LA JUMENT.

Que dieu la confonde et l'envoie un jour dans le corps d'un poulain !

LE CHEVAL HONGRE.

Encore si nous avions un picotin d'avoine pour nous désennuyer ! mais notre conducteur ne sait que boire et nous battre.

LA JUMENT.

Patience, patience. Autant de bêtes que tous les hommes et que toutes les femmes ; le bon de l'affaire est qu'ils ne s'en doutent pas.

LE CHEVAL HONGRE.

Ils en sont bien loin. Tel qui se croit aujourd'hui un être important parce qu'il brûle le pavé dans un cabriolet, se repentira d'avoir maltraité les chevaux quand il se verra cheval lui-même.

LA JUMENT.

Quelle humiliation! moi qui ai été une actrice célèbre que tout Londres adorait, moi qui ai ruiné plus d'un noble lord, me voir attachée à un vilain fiacre pour y traîner des bourgeois!

LE CHEVAL HONGRE.

Et puis on nous assommera pour avoir notre peau.

LA JUMENT.

Tant mieux : nous ne pouvons qu'y gagner.

LE CHEVAL HONGRE.

Es-tu morte jeune?

LA JUMENT.

Hélas! oui. Je jouais encore les ingénues, car je n'avais que soixante ans.

LE CHEVAL HONGRE.

Tu étais donc bien jolie?

LA JUMENT.

Sans doute. On me disait que je rajeunissais tous

les jours, et je crois même que si je n'avais pas eu le malheur de mourir, j'aurais été obligée de me remettre en nourrice.

LE CHEVAL HONGRE.

Et par conséquent les adorateurs.....

LA JUMENT.

Oh! les monstres avaient pris leur volée depuis longtemps; mais pour me consoler de cette disgrâce, je faisais du bien à deux ou trois jeunes gens qui n'avaient pas de fortune, et qui m'en témoignaient leur reconnaissance.

LE CHEVAL HONGRE.

Voilà réellement de l'humanité et de la générosité bien placées..... Je crois que le cocher va nous donner notre pitance.

LA JUMENT.

Oui; il sort du cabaret.

(Le cocher leur donne un peu d'avoine, et ils mangent.)

LE CHEVAL HONGRE.

Je n'ai pas mangé le quart de mon soûl.

LA JUMENT.

Ni moi non plus.

LE CHEVAL HONGRE.

Mon dîner valait un peu mieux autrefois.

LA JUMENT.

Le mien aussi. Tu faisais donc bonne chère?

LE CHEVAL HONGRE.

Exquise : un fournisseur! j'ai mis bien du foin dans mes bottes.

LA JUMENT.

C'est pour cela peut-être que l'on t'en donne si peu aujourd'hui.

LE CHEVAL HONGRE.

Madame la jument, pas de mauvaises plaisanteries, ou je remettrai sur le tapis les trois jeunes gens que tu dorlotais d'une manière si désintéressée.

LA JUMENT.

Monsieur l'eunuque, pas d'insolence, ou je t'allongerai une ruade dont tu te souviendras.

LE CHEVAL HONGRE.

Allons, la paix. Soyons du moins amis dans notre malheur.

LA JUMENT.

Je ne demande pas mieux.

LE CHEVAL HONGRE.

Tout le monde sort de l'église.

LA JUMENT.

Nous allons recevoir des coups de fouet comme de coutume.

LE CHEVAL HONGRE.

Chienne d'existence.

LA JUMENT.

Que ne suis-je encore sur le théâtre, dût-on me siffler!

LE CHEVAL HONGRE.

Et moi fournisseur, dussé-je passer pour un homme qui fait largement ses affaires!

(La dame remonte en voiture et retourne chez elle.)

DIALOGUE V.

UN CHIEN ET UN VIEUX CHAT.

(Dans une antichambre.)

LE CHIEN.

Bonjour, mon vieux chat. Tu dois être content de me revoir, car, malgré le proverbe, nous avons toujours été d'accord.

LE CHAT.

Oui, sans doute. Mais d'où viens-tu donc?

LE CHIEN.

D'un pays très-éloigné.

LE CHAT.

Pourquoi as-tu fait ce voyage? Tu étais si bien ici.

LE CHIEN.

J'ai suivi mon maître.

LE CHAT.

Quelle sottise! Quand on est heureux quelque part, il faut y rester.

LE CHIEN.

Je ne suis heureux qu'avec mon maître.

LE CHAT.

Ma maîtresse est partie aussi à peu-près dans le temps que j'ai cessé de te voir, mais je n'ai pas voulu l'accompagner.

LE CHIEN.

Tu as eu tort, car elle avait grand soin de toi.

LE CHAT.

C'est possible. Je puis t'assurer cependant que je n'ai pas perdu au change : tous les jours une grande jatte de crème pour mon déjeuner.

LE CHIEN.

Fi! ce que tu dis là est indigne de toi.

LE CHAT.

Voyez donc le grand mal d'aimer à bien vivre!

LE CHIEN.

Le mal est de n'aimer personne, et d'appartenir toujours de bon cœur à celui qui est le maître de la maison.

LE CHAT.

C'est que le maître de la maison est en même temps le maître de la cuisine.

LE CHIEN.

Je n'aurais jamais cru cela de ta part.

LE CHAT.

En vérité, tu m'étonnes. Qu'as-tu donc aujourd'hui?

LE CHIEN.

J'ai.... tu es un misérable.

LE CHAT.

Encore! je crois que tu as perdu la tête pendant ton voyage.

LE CHIEN.

Et toi, tu ne perdras jamais ton cœur, car tu n'en as pas.

LE CHAT.

Ah! je vois pourquoi tu m'en veux, mais c'est à tort. L'attachement, mon cher, est une vertu de niais. J'aime la tranquillité, et la vie errante n'est pas de mon goût. Qui s'empare de la maison s'empare de moi.

LE CHIEN.

Et d'un lâche qui caresse également....

LE CHAT.

Tu n'as pas le sens commun. Il n'y a aucune lâcheté, mais sagesse, à être l'ami de tout le monde. Il faut même avoir un certain courage pour oser faire pate de velours à des personnes que l'on ne connaît pas, et qui pourraient nous recevoir à grands coups de pied dans le ventre.

LE CHIEN.

Je suis trop âgé pour être dupe de ce courage-là : tu sais bien que les flatteurs n'ont jamais rien à craindre de ceux qu'ils flattent. Mais il me vient quelque chose en tête.

LE CHAT.

Voyons ce que c'est.

LE CHIEN.

As-tu toujours été chat? Si j'en juge par moi-même....

LE CHAT.

Non, sans doute, mais j'ai toujours agi de la même manière.

LE CHIEN.

Ce n'est pas là le plus beau de ton histoire.

LE CHAT.

Le plus beau n'est pas toujours le plus agréable. Mais, quoi qu'il en soit, veux-tu savoir ce que j'ai été ?

LE CHIEN.

Oui.

LE CHAT.

Confidence pour confidence.

LE CHIEN.

Je te le promets.

LE CHAT.

Comme homme, je suis né en Angleterre. Mon père était lord, et je fus attaché à Charles I. Après le supplice de ce prince qui m'aimait beaucoup, voyant qu'il était agréable d'être bien avec le maître et de ne pas changer de logement, car c'est un grand embarras, je restai à White-Hall et servis Cromwell. Celui-ci étant mort, Charles II lui succéda; invariable dans mes principes, je lui fus dévoué comme je l'avais été à son prédécesseur, et je conservai encore mon appartement à White-Hall, où je mourus à l'âge de quatre-vingts ans, laissant de moi la réputation d'un homme habile dans les affaires. Depuis cette époque, j'ai été plusieurs fois reptile, caméléon, et enfin je suis chat; condition qui me plaît assez, car je n'ai jamais aimé à changer de logement; je m'attache aux murs.

LE CHIEN.

C'est-à-dire que tu ne t'attaches à personne.

LE CHAT.

Trève aux réflexions, et dis-moi ce que tu as été.

LE CHIEN.

Soldat.

LE CHAT.

Cela ne m'étonne nullement : il y a du roturier dans tout ce que tu m'as dit.

LE CHIEN.

J'en suis fâché pour les lords.

LE CHAT.

Poursuis.

LE CHIEN.

Après une grande bataille où je fus tué, j'entrai dans le corps d'un petit chien qui venait de naître, et l'on me donna à mon capitaine, brave homme, courageux comme un César et dévoué à son général. Il eut soin de moi; aussi je l'aime et ne le quitterai jamais.

LE CHAT.

Je ne conçois rien à ta manière de sentir.

LE CHIEN.

Je ne conçois rien non plus à la tienne.

LE CHAT.

Si ton capitaine quittait encore une fois ce pays, tu t'en irais donc avec lui?

LE CHIEN.

Au bout du monde.

LE CHAT.

Bon voyage. Je suis né ici et j'y reste.

LE CHIEN.

Moi, je ne reçois à manger que de la main de mon premier maître.

LE CHAT.

Et moi, de la main de tous ceux qui se présentent. Vive Charles I! Vive Cromwell! Vive Charles II!

LE CHIEN.

Vive même le grand Turc!

LE CHAT.

Pourquoi pas? lui tout comme un autre. Je n'ai jamais souhaité la mort qu'aux souris et aux rats.

LE CHIEN.

Va-t'en; tu n'es qu'un plat animal. Si tu mets encore la pate dans ma niche, je t'étranglerai.

LE CHAT.

Tu ne me fais pas peur : quoique vieux, j'ai encore des griffes.

LE CHIEN.

Viens-y seulement, et tu verras.

DIALOGUE VI[1].

DEUX ANES, OU MARTIN ET TÊTU, NOMS PROPRES DE CES ANES.

(Au bois de..... dans un endroit écarté.)

(Martin est monté par une dame, et Têtu par un jeune homme qui a mis pied à *terre* ainsi que sa compagne de promenade. Ils sont déjà assis sur l'herbe depuis quelque temps.)

MARTIN.

Je ne reviens pas de mon étonnement.

TÊTU.

Qu'as-tu donc ?

MARTIN.

Plus je la vois, plus je suis persuadé que je ne me trompe point.

TÊTU.

Que veux-tu dire ?

---

(1) On pourrait intituler ce dialogue : *La Femme-Tartuffe*.

MARTIN.

Je veux dire que la femme qui vient de me monter a été ma maîtresse.

TÊTU.

Cette grande dame chez laquelle tu étais commis?

MARTIN.

Oui.

TÊTU.

Et dont tu portais quelquefois les dimanches le livre de prières quand tu l'accompagnais à l'église?

MARTIN.

Comme tu le dis.

TÊTU.

L'hypocrite!

MARTIN.

Bah! Cela ne servait pas à grand'chose. Tout le monde savait à quoi s'en tenir, excepté le mari; il est vrai que de son côté il en contait à la femme de chambre.

TÊTU.

Vois donc comme ils se parlent avec tendresse.

MARTIN.

Je n'ai pas le courage de les regarder. Quand je songe que c'était moi.... Tonnerre de Dieu! faut-il mourir, devenir âne, et être témoin du bonheur d'un blanc-bec....!

TÊTU.

Ta colère me fait rire.

MARTIN.

Si tu étais à ma place, tu ne rirais pas.

TÊTU.

Tu es bien bête d'avoir cru qu'elle serait fidèle à un commis trépassé. A propos, de quelle maladie es-tu mort?

MARTIN.

D'un grand mal à la poitrine.

TÊTU.

Je le conçois : la petite commère est bien gentille.

MARTIN.

Et puis je rendais aussi quelque service à la femme du valet de chambre de monsieur.

TÊTU.

Tu m'en diras tant....

MARTIN.

C'est égal : il faut absolument que je me venge de ma princesse.

TÊTU.

Si tu n'avais été qu'un pauvre meunier comme moi, tu n'aurais connu que ta femme, et tu ne la regretterais pas aujourd'hui peut-être.

MARTIN.

Faisons faire la culbute à nos cavaliers, et, quand

le tien sera étendu, donne-lui de bons coups de pied.

TÊTU.

Sois tranquille.

(La dame et le jeune homme se lèvent et s'approchent des ânes.)

LA DAME, au jeune homme.

Je te dis encore une fois, mon cher trésor, que personne ne se doute de nos liaisons. D'abord mon mari s'inquiète très-peu de tout cela; il a aussi de petites intrigues que je lui pardonne de tout mon cœur. Et quant aux autres, ils me prennent tous pour une sainte. Tu peux donc venir me voir tous les jours à la Cathédrale entre midi et une heure : on n'en conclura rien contre moi. Je suis enveloppée d'un manteau qui porte respect.

TÊTU.

Entends-tu, camarade?

MARTIN.

Oui, oui. Son manteau qui porte respect, c'est la religion qu'elle n'a pas.

TÊTU.

Quelle canaille!

MARTIN.

Souviens-toi de ce que je t'ai demandé.

TÊTU.

Je ne l'oublierai pas.

(La dame et le jeune homme montent, chacun, sur leur âne. Ils sont emportés malgré eux dans une allée où il y a beaucoup de promeneurs.)

LE JEUNE HOMME.

Maudits ânes! on ne peut jamais les faire aller à sa fantaisie. Ces chiennes de bêtes vont apprendre à tout le monde que nous sommes ici en partie fine.

MARTIN, à Têtu.

Allons, le moment est propice. Tous les deux dans la poussière.

TÊTU.

J'y songeais.

Le couple amoureux est jeté par terre; et tandis que le petit Medor reçoit force ruades, la belle Angélique

Tombe en criant, et produit au grand jour
Ce qui n'est fait que pour l'œil de l'amour (1).

(Grands éclats de rire dans la foule.)

(Confusions du jeune homme, confusion de la dame.)

Il faut en convenir : quand on a de la pudeur et des mœurs, et que l'on passe pour une sainte, un pareil accident est bien désagréable.

MARTIN, en lui-même.

Je suis vengé.

---

(1) Vers de Palissot, *Dunciade*, chant X.

DIALOGUE VII.

DEUX CAMÉLEONS, MALE ET FEMELLE, SUR UN ARBRE.

(Au cap de Monte, où la religion prescrit aux habitans de respecter ces animaux.) (1)

LE MALE.

Femelle, il fait bien chaud dans ce pays.

LA FEMELLE.

Hélas! oui. A peine puis-je résister à ce maudit soleil. J'envie le sort des poissons; ils sont bien heureux d'être toujours au frais.

LE MALE.

Que sait-on? ils se plaignent peut-être du froid. Personne n'est content sur la terre.

LA FEMELLE.

Bien peu de monde au moins.

(1) Voyez l'*Histoire des quadrupèdes ovipares*, par le comte de Lacépède, art. CAMÉLÉON, t. II, p. 76, Paris, 1788.

LE MALE.

Trouves-tu facilement de quoi te nourrir?

LA FEMELLE.

Non, mais si tu me ressembles, c'est le moindre de tes soucis, car je pourrais vivre près d'un an sans manger (1).

LE MALE.

Et moi aussi. Cependant vivre sans manger n'est pas chose agréable.

LA FEMELLE.

J'en conviens.

LE MALE.

Puisque nous sommes caméléons, il faut supporter avec courage les conditions de cette existence, et en espérer une meilleure pour l'avenir.

LA FEMELLE.

Elle ne peut nous manquer, car il est impossible d'en avoir une plus misérable.

LE MALE. Il darde la langue et prend une mouche.

Tu vois bien que tu te trompes. Les mouches sont encore moins que nous, puisque nous les avalons. On trouve toujours un plus petit que soi.

---

(1) *Ibid.*, p. 74.

LA FEMELLE.

Tu as raison... Dieu sait ce qu'il y avait dans cette mouche! Peut-être un jeune étourdi ou un espion.

LE MALE.

Si j'en juge d'après moi, rien d'impossible. J'étais bien loin de penser, quand je brillais à la cour de France, qu'un jour je serais quadrupède ovipare.

LA FEMELLE.

Et moi qui ai servi Louis XVI et Napoléon, pouvais-je m'attendre à devenir après ma mort...?

LE MALE.

Ne serait-ce pas en punition de notre servilité que nous sommes si peu de chose aujourd'hui?

LA FEMELLE.

Je suis tentée de le croire.

LE MALE.

Voilà un purgatoire dont les hommes ne se doutent pas.

LA FEMELLE.

J'avoue que j'ai été un assez plat personnage, un courtisan à toutes couleurs. Mais toi, pourquoi es-tu caméléon?

LE MALE.

Ah! pourquoi? j'ai aussi des peccadilles à me reprocher. Après la chute du trône de France que j'avais défendu de tous mes moyens, je me conduisis d'une manière tout-à-fait singulière. Né avec un instinct de bassesse dont je rougis aujourd'hui, je ne pus résister à ma vocation qui était de ramper, peu importait sous quel maître; et, malgré ma noblesse et mon grand nom, je m'enrôlai dans les gardes-du-corps de Toussaint-Louverture (1).

LA FEMELLE.

Tu es bien plus coupable que moi.

LE MALE.

Je ne sais : tu as servi le premier des blancs, et moi, le premier des noirs.

---

(1) « Bientôt sa politique, pour éblouir les siens en même » temps qu'il fallait se faire craindre des blancs, s'entoura » d'une garde qu'il habilla du costume des anciens gardes » du-corps royaux, et composée de tout ce qu'il put trouver » d'hommes de l'ancien régime, et de *grands noms* prêts à le » servir. Cette garde était nombreuse, car la France n'avait » pas encore alors *de cour impériale pour l'accaparement de* » *tous les services de l'émigration*. Toutes ces créatures de- » vinrent bientôt autant de prôneurs qui répétaient et fai- » saient partout répéter les louanges de leur seigneur et » maître. » Voyez l'histoire de l'île d'Haïti, par sir James Barskett; traduite de l'anglais par M. Placide-Justin, liv. IV, p. 321, Paris, 1826.

LA FEMELLE.

Allons donc! ces deux hommes ne sont pas comparables.

LE MALE.

Je le veux bien, car cela m'est égal : mais avoue que Toussaint-Louverture, maître au château des Tuileries, eût trouvé en toi un excellent valet tant qu'il eût été le plus fort.

LA FEMELLE.

Peut-être.

LE MALE.

J'en suis sûr.

LA FEMELLE.

Quoi qu'il en soit, il est bien heureux que la Providence nous ait placés dans un pays où la religion ordonne aux habitans de nous révérer.

LE MALE.

Oui, mais s'ils pouvaient soupçonner que nous ne sommes que des lâches sous le joug de la justice divine, il est probable que nous ne jouirions pas long-temps de leurs respects.

LA FEMELLE.

Leur religion est absurde, et tant mieux pour nous.

LE MALE.

Sans doute : c'est ici comme dans beaucoup de pays.

DIALOGUE VIII.

UN BOUVREUIL ET UN ROSSIGNOL,
FEMELLES.

(Dans une forêt.)

LE BOUVREUIL.

Cesse un peu ton gazouillement, et parlons.

LE ROSSIGNOL.

Qu'as-tu à me dire?

LE BOUVREUIL.

Je voudrais savoir si tu es contente de ta métamorphose.

LE ROSSIGNOL.

Oui, très contente.

LE BOUVREUIL.

Je ne te ressemble pas, car je trouve qu'il est bien triste de passer sa vie de branche en branche, et de ne faire l'amour qu'une fois par an.

LE ROSSIGNOL.

Et la liberté, tu n'en parles pas?

LE BOUVREUIL.

Je n'ai rien gagné sous ce rapport : j'étais très libre.

LE ROSSIGNOL.

Pas autant que tu l'es aujourd'hui.

LE BOUVREUIL.

Autant : je faisais absolument tout ce que je voulais. Je voyageais de capitale en capitale. . . .

LE ROSSIGNOL.

Tu étais donc bien riche?

LE BOUVREUIL.

Oui.

LE ROSSIGNOL.

Je n'avais pas ce bonheur, car je vivais du travail de mes mains dans un grenier où je manquais bien souvent du nécessaire. Cependant si j'avais voulu imiter ma sœur, j'aurais joui de toutes les aisances de la vie, mais je n'ai jamais pu me résoudre. . . . .

LE BOUVREUIL.

A quoi?

LE ROSSIGNOL.

A me prostituer au premier venu.

LE BOUVREUIL.

J'ai été moins sévère que toi, et je m'en suis bien trouvée.

LE ROSSIGNOL.

Je ne doute pas que tu n'aies vécu dans l'abondance. Bien souvent le vice est plus riche que la vertu.

LE BOUVREUIL.

Tu avais donc une sœur?

LE ROSSIGNOL.

Oui.

LE BOUVREUIL.

Jolie sans doute, puisque tu dis. . .

LE ROSSIGNOL.

Très jolie, et danseuse au grand théâtre de Milan.

LE BOUVREUIL.

De Milan! Vit-elle encore?

LE ROSSIGNOL.

Je le crois.

LE BOUVREUIL.

Tu es dans l'erreur peut-être.

LE ROSSIGNOL.

Quelle raison as-tu de penser. . .?

LE BOUVREUIL.

Je t'apprendrai cela tout-à-l'heure. Mais dis-moi d'abord où tu es morte.

LE ROSSIGNOL.

A Paris, rue des Marmousets.

LE BOUVREUIL.

Ah ! ma chère petite, tu étais ma sœur, et je suis *Victorine*.

LE ROSSIGNOL.

Comment ! tu as quitté ta jolie figure pour être oiseau comme moi ?

LE BOUVREUIL.

Mon dieu, oui. Je suis tombée d'une *gloire* que le machiniste avait mal attachée, et, deux minutes après, je me sentis dans un petit œuf, et me voilà bouvreuil.

LE ROSSIGNOL.

Ainsi, adieu les adorateurs, les parties fines et les rouleaux d'or.

LE BOUVREUIL.

Ne m'en parle pas. J'enrage malgré mes jolies plumes.

LE ROSSIGNOL.

Tu as mangé, comme on dit, ton pain blanc avant ton pain noir.

LE BOUVREUIL.

Et toi ?

LE ROSSIGNOL.

Moi, je n'ai pas à me plaindre, car je suis beaucoup plus heureuse ici que je ne l'étais rue des Marmousets. Conviens cependant que tu aurais bien pu m'aider un peu de ton superflu. Tu n'as pas été bonne sœur.

LE BOUVREUIL.

Je t'en demande pardon. Mais si tu savais comme mon argent s'en allait vite ! Paraître et disparaître, c'était la même chose.

LE ROSSIGNOL.

A qui la faute ? à toi ou à moi ?

LE BOUVREUIL.

Je conviens de mes torts : ne parlons plus de tout cela.

LE ROSSIGNOL.

Je le veux bien. Conçois-tu quelque chose à notre état actuel ?

LE BOUVREUIL.

Non.

LE ROSSIGNOL.

Si l'on nous avait dit que nous passerions à notre mort dans le corps d'un oiseau, cela nous aurait fait rire, et cependant nous voyons aujourd'hui......

LE BOUVREUIL.

Il y a là peut-être ce que l'on appelle *métempcose*, si j'ai bonne mémoire... Un oiseau, grand Dieu, après avoir été la maîtresse de deux princes, de six ambassadeurs et de trois ministres, sans compter le courant!

LE ROSSIGNOL.

Patience, ma chère sœur, patience; tu t'habitueras à ton plumage. D'ailleurs justice se fait toujours un peu plus tôt ou un peu plus tard. J'ai moins à me plaindre que toi aujourd'hui, et cela devait être. Puisque les hommes comblent quelquefois de richesses les vices qu'ils méprisent, il faut bien que la mort paye la vertu.

DIALOGUE IX.

UNE PIE ET UN PERROQUET.

(chacun dans une cage.)

LA PIE.

Conviens, mon compagnon de servitude, que notre maître est un grand chien de nous tenir ainsi en cage.

LE PERROQUET.

A qui le dis-tu! si je puis un jour lui arracher les yeux, ce sera un grand plaisir pour moi.

LA PIE.

Tu feras très-bien.

LE PERROQUET.

Je ne sais de quel droit on nous prive de notre liberté.

LA PIE.

Ce sont des coquins, des tyrans.

LE PERROQUET.

J'ai beau me retourner dans ma prison, aller continuellement d'un grillage à l'autre, je ne trouve aucune issue.

LA PIE.

Ni moi non plus.

LE PERROQUET.

Mes prisonniers n'étaient pas aussi bien gardés que je le suis aujourd'hui.

LA PIE.

Que veux-tu dire par là?

LE PERROQUET.

C'est que j'ai été geôlier d'une prison d'état où le gouvernement de mon pays faisait enfermer les mauvais sujets dont il avait à se plaindre.

LA PIE.

Ah!

LE PERROQUET.

Cette place était bien payée, car il fallait y avoir beaucoup de discrétion.

LA PIE.

J'entends : il se passait des choses dans la prison....

LE PERROQUET.

Sans doute. On disait que c'était de la politique.

LA PIE.

Je suppose que tu n'avais rien à faire dans tout cela?

LE PERROQUET.

Je m'en mêlais un peu quelquefois, mais mon service l'exigeait.

LA PIE.

Et tu te plains aujourd'hui d'être en cage?

LE PERROQUET.

Oui.

LA PIE.

Tu n'as cependant que ce que tu mérites.

LE PERROQUET.

Cela n'est pas vrai, car je n'ai jamais fait qu'obéir à mes supérieurs.

LA PIE.

Il y a obéissance et obéissance. Si un de nous deux a de justes raisons de crier à l'injustice, c'est moi.

LE PERROQUET.

Qu'étais-tu parmi les hommes?

LA PIE.

Un orateur de première force. J'ai défendu le pouvoir pendant dix ans contre les fauteurs de liberté, contre les anarchistes. Quand je pouvais une fois m'accrocher à la tribune, je parlais, parlais, parlais, au point que l'on m'appelait partout *le robinet du gouvernement*.

LE PERROQUET.

Eh bien, puisque tu parlais, parlais contre la liberté, il est juste aussi que tu sois aujourd'hui en prison.

LA PIE.

Tu me fais de la morale, je crois.

LE PERROQUET.

Comme tu m'en fais.

LA PIE.

Un misérable perroquet de ton espèce devrait traiter un peu mieux une pie telle que moi.

LE PERROQUET.

Va te promener, bavarde.

LA PIE.

Va te promener toi-même, assassin-geôlier.

LE PERROQUET.

Que n'es-tu dans ma cage, je t'apprendrais, *robinet du gouvernement*, à me parler avec plus de respect.

LA PIE.

Du respect pour un geôlier, et quel geôlier!

LE PERROQUET.

Oui, sacre-dieu, comme dit notre maître, du respect. Je valais bien un mauvais faiseur de phrases peut-être. Laisse-moi tranquille, et mange ton fromage blanc.

DIALOGUE X ET DERNIER.

UN HIBOU OU PETIT DUC, ET UNE HIRONDELLE DE ROCHERS.

(Sur un rocher à l'ombre, à quelques pas l'un de l'autre.)

L'HIRONDELLE.

Nous ne tarderons pas à partir pour un pays plus chaud, car les cigales, les scarabées et les papillons deviennent rares, et il faut vivre.

LE HIBOU.

Je ne me mettrai en route qu'après toi.

L'HIRONDELLE.

Je sais que mon espèce précède toujours la tienne dans notre migration annuelle (1).

LE HIBOU.

Que ne puis-je vivre caché dans un trou! Ces voyages me fatiguent et me déplaisent.

---

(1) Voyez Buffon; *Histoire du Scops ou Petit-duc*.

L'HIRONDELLE.

Et moi, ils m'amusent. Il est beau de parcourir les continens et les mers, et de faire deux cents lieues en vingt-quatre heures (1). C'est une puissance de liberté que peu d'oiseaux partagent avec nous.

LE HIBOU.

J'en conviens, mais le soleil est bien désagréable. Encore s'il n'y avait que la lune, on pourrait.....

L'HIRONDELLE.

Tu crains donc bien la lumière?

LE HIBOU.

Elle m'est pénible au dernier point; je n'ai jamais pu la supporter.

L'HIRONDELLE.

Jamais?

LE HIBOU.

Non, pas même quand j'étais homme.

L'HIRONDELLE.

Je te plains d'avoir de si mauvais yeux. La nature m'a beaucoup mieux traitée que toi sous ce rapport, car non-seulement mes yeux sont très bons, mais ils résistent même aux accidens les plus graves, et se guérissent en peu de temps (2).

---

(1) Voyez Montbeillard; *Histoire des hirondelles.*

(2) *Ibid.*

LE HIBOU.

Tant mieux pour toi.

L'HIRONDELLE.

Puisque nous sommes ici à l'ombre et que rien ne nous empêche de jaser à notre aise, dis-moi quel rôle tu as joué parmi les animaux à deux pieds.

LE HIBOU.

J'ai été un saint personnage, un homme tout en Dieu, et me voilà hibou. Qui aurait pu s'attendre à une pareille métamorphose ?

L'HIRONDELLE.

C'est que les hommes ne savent rien, quoiqu'ils s'imaginent savoir tout. Mais enfin, qu'étais-tu ?

LE HIBOU.

Docteur de Sorbonne.

L'HIRONDELLE.

Je conçois que la lumière te blesse encore aujourd'hui ; tu vivais dans une région de ténèbres.

LE HIBOU.

Dans une région de vérité, petite insolente.

L'HIRONDELLE.

Allons donc !

LE HIBOU.

Impie !

L'HIRONDELLE.

Calme-toi ou je prends ma volée, et tu ne sauras pas qui je cache sous mes plumes.

LE HIBOU.

Quelque philosophe, quelque ennemi du trône et de l'autel : je le devine à ta manière de penser.

L'HIRONDELLE.

Tu devines très mal, car je m'inquiétais fort peu du trône et de l'autel. J'ai voulu vivre libre, et j'ai vécu libre.

LE HIBOU.

Ce n'est là ni un métier, ni une profession.

L'HIRONDELLE.

Non, mais c'est beaucoup mieux : c'est la liberté.

LE HIBOU.

Je ne comprends rien à tout ce que tu dis.

L'HIRONDELLE.

Et moi, je comprends encore bien moins comment tu as pu passer ta vie dans une corporation où tu n'avais pas le droit de penser par ta propre raison, d'avoir une opinion à toi.

LE HIBOU.

Les lumières de nos supérieurs....

L'HIRONDELLE.

Les lumières de tes supérieurs n'étaient souvent que des sottises.

LE HIBOU.

Tu n'aurais pas osé me parler avec cette arrogance quand j'étais revêtu de ma robe de docteur.

L'HIRONDELLE.

Cela est possible, car il faut toujours se défier d'un plus fort que soi, surtout quand ce plus fort n'a pas le sens commun.

LE HIBOU, avec humeur.

Me diras-tu enfin à qui je parle?

L'HIRONDELLE.

A une hirondelle.

LE HIBOU.

Tu abuses de ma patience.

L'HIRONDELLE.

Mon nom est inconnu, mais j'ai été l'homme le plus libre qu'il y ait jamais eu sur la terre. Né sans ambition, et jouissant d'une fortune qui suffisait à mes besoins parce que je ne fléchissais que sous ceux de la nature, je pris la ferme résolution, pour n'être aux ordres de personne et ne me soumettre au joug d'aucune opinion dominante, de me contenter de mon sort, de ne rechercher aucune fonction publique, de ne jouer aucun rôle dans l'État, et de respecter les lois bonnes ou mauvaises. Indépendant par mon caractère, par mes principes, par mes moyens d'existence, je fus libre sous toutes les formes de gouvernement que les factions s'arrachaient dans ma patrie. Je ne voulais pas plus commander que servir, car j'étais persuadé que ceux qui gouvernent les autres payent bien cher l'orgueilleuse satisfaction d'être les maîtres. Comme je n'étais sur la route d'aucun homme, que mon bonheur ne dépendait que de moi, et que personne au monde ne pouvait me forcer à changer de manière de vivre, mon cœur fut toujours pur de haine et d'envie; et, après avoir donné mon superflu aux malheureux, je voyais du haut de ma montagne solitaire, avec un doux sentiment de fierté et d'estime pour moi-même, mes pauvres semblables s'entre-dévorer pour le choix d'un maître, pour des rêveries politiques ou religieuses, pour des bulles de savon. Si tu savais comme les hommes sont petits quand on les voit de haut!

LE HIBOU.

Voilà une vie bien singulière.

L'HIRONDELLE.

Eh bien! il me manquait encore quelque chose: j'enviais le sort des oiseaux voyageurs qui passaient en si peu de jours d'un continent à l'autre; j'aurais voulu avoir des ailes.

LE HIBOU.

Tes désirs sont accomplis.

L'HIRONDELLE.

Oui, et j'use largement de cette faculté, car je vole même en mangeant. Je ne sais ce que tu trouvais d'admirable dans ta Sorbonne; mais, quant à moi, je ne connais rien de beau, rien de sublime sur la terre, que les solitudes, les montagnes, les vents, les mers, le soleil et la liberté.

(Elle s'envole, et le docteur-hibou reste tout pensif.)

ERRATUM. A la page 14, ligne 5, au lieu de : assaisonnée d'une forte pension annuelle, *lisez :* d'une forte somme annuelle. Il n'y a ordinairement que les gouvernemens qui accordent des pensions.

ÉPILOGUE.

En voilà assez. Si cet essai est bien accueilli de ceux à qui je l'adresse, il est possible que je mette encore l'histoire naturelle à contribution, mais toujours avec la même liberté, car je ne sais pas écrire autrement.

On dira peut-être que mon homme-hirondelle n'était qu'un égoïste, et je le veux bien jusqu'à un certain point, quoiqu'il fût charitable; mais, dans le pays et à l'époque où il a vécu, cet égoïsme-là était de la sagesse. Il y a quelque mérite à préserver son cœur de la corruption générale; et quand il est très difficile de faire le bien, c'est quelque chose que de se mettre dans une position où l'on n'est jamais forcé de faire le mal. D'ailleurs, qui n'est pas égoïste, en donnant à ce mot toute son étendue? Où est l'homme sur la terre qui s'oublie complètement pour ne penser qu'au bien d'autrui? Est-ce ce négociant que l'on a la bonté d'admirer, parce qu'il veut bien s'enrichir en fabriquant des objets de luxe qu'il vend à bon marché? Est-ce ce financier qui, à force de noble désintéressement, est devenu millionnaire?

Est-ce cet industriel qui se jette dans de grandes entreprises commerciales, très-utiles sans doute à ses compatriotes, mais encore plus utiles à lui ? Est-ce cet écrivain qui, dans toutes ses phrases, met toujours la patrie en avant, mais qui n'en marche pas moins depuis trente ans côte à côte avec le pouvoir, parce que le pouvoir jouit d'un très beau revenu? Est-ce enfin ce manufacturier qui joue le ministériel ou le libéral parce que cela ne coûte rien, mais qui ne donnerait pas la millième partie de ses richesses pour sauver une mauvaise loi à son pays?

Je touche à la vieillesse, j'ai vu agir les hommes, et presque tous m'ont paru poussés par des raisons d'intérêts qu'ils décoraient des apparences de la vertu. Tel qui s'occupe de la chose publique et fait beaucoup de bruit dans un parti, ferait peut-être le même bruit dans le parti contraire, si ce rôle était plus lucratif que celui qu'il joue. Nous sommes entourés, depuis quarante ans, de masques que l'on s'obstine à prendre pour des visages à découvert. Le véritable égoïste n'est pas celui qui ne demande rien à personne et qui ne veut qu'être libre, mais c'est l'homme dont le bonheur dépend presque toujours du malheur d'autrui; c'est le factieux qui désire des bouleversemens politiques pour sortir de son néant et pêcher en eau trouble; c'est le *bon citoyen* qui, pour le triomphe d'un point de doctrine qu'il croit vrai, voudrait mettre tout à feu et à sang.

d'après cette belle maxime : *périssent nos colonies plutôt qu'un principe* ; c'est le lâche qui a encensé tous les partis pour en tirer pied ou aile; c'est l'écrivain qui flatte des opinions régnantes qu'il ne partage pas, pour donner du débit à ses livres et se faire prôner dans des coteries qui croient dispenser la gloire ; c'est l'homme *tolérant* qui ne tolère dans les autres que ses propres opinions, et qui, s'il était maître aujourd'hui, ferait fermer demain tous les temples, en criant : *vive la liberté de conscience !* C'est le républicain qui passe le Rubicon avec César, qui va présenter à un grand corps de l'état d'odieux sénatus-consultes, et qui, après les ides de Mars, devient tout-à-coup défenseur des libertés publiques, parce que ce rôle est honorable et qu'il est sans danger. Voilà les grands égoïstes à signaler et à mépriser. Le sage que j'ai mis en scène dans mon dialogue n'avait rien de commun avec ces gens-là ; il était du petit nombre de ceux dont l'éloquent citoyen de Genève a dit : « Le politique le plus « adroit ne viendrait pas à bout d'assujettir des « hommes qui ne voudraient qu'être libres. »

www.ingramcontent.com/pod-product-compliance
Ingram Content Group UK Ltd
Pitfield, Milton Keynes, MK11 3LW, UK
UKHW020430180726
13839UKWH00003B/1416